VENTE
Du Lundi 7 Novembre 1904
HOTEL DROUOT, SALLE N° 2
à deux heures
Exposition publique, le Dimanche 6 Novembre 1904
DE 1 HEURE 1/2 A 5 HEURES 1/2

COLLECTION DE FEU M. MASSICOT

TABLEAUX

ANCIENS ET MODERNES

DESSINS, EAUX-FORTES, LITHOGRAPHIES

MEUBLES — OBJETS DIVERS

COMMISSAIRES-PRISEURS

Mᶜ MAURICE DELESTRE | Mᶜ FERNAND COUTANCEAU
5, rue Saint-Georges | 7, rue Sainte-Anne

EXPERTS

M. MARIUS PAULME et M. B. LASQUIN
10, rue Chauchat   12, rue Laffitte

IMPRIMERIE DE L'ART

AVIS

Toute demande d'envoi de Catalogues ou rectification d'adresse devra être envoyée affranchie

À M. Paul BARJOT
10, rue Chauchat (9ᵉ arrᵗ) Paris

qui se charge de la distribution et de l'envoi des Catalogues de Ventes publiques de Tableaux et Objets d'art, à Paris, en province et à l'étranger.

CATALOGUE

DE

TABLEAUX

ANCIENS ET MODERNES

PAR OU ATTRIBUÉS A :

AD. APPIAN, ARTIGUE, BERGERET, BERMONT, SÉBASTIEN BOURDON,
MICHEL CARRÉ, CHATAIGNER DE VOLVREUSE, CHATAIGNON,
CHOCARNE-MOREAU, COULON, COOMANS, DAUDIN, DESHAYES, ED. DETAILLE,
VAN DIÉPENBECK, DUCROT, CARLE DU JARDIN,
DUVIEUX, LOUISE EGLÉ, CH. VAN FALENS, FALÉRO, FORTUNIO, JULES GARNIER,
GEETS, GOLZ, ALBERT GREEP, GUÉ, GUIDO RENI, HUET,
LAPOSTOLET, LARCHER, LEDUC, DELPHINE MALBET, LÉONTINE MALLET,
MENDEZ, VAN DER MEULEN, MOUTON, LOUIS MORIN,
A. DE NEUVILLE, L. ROYER, H. ROBERT, DANIEL SEGHERS, VAN DE VEN.

DES ÉCOLES FLAMANDE, FRANÇAISE, ÉCOLE MODERNE

DESSINS, GRAVURES, LITHOGRAPHIES, PHOTOGRAPHIES

MEUBLES, OBJETS DIVERS

COMPOSANT LA COLLECTION DE FEU M. MASSICOT

DONT LA VENTE AUX ENCHÈRES PUBLIQUES

Aura lieu, à Paris

HOTEL DROUOT, SALLE N° 2
LE LUNDI 7 NOVEMBRE 1904

à deux heures

COMMISSAIRES-PRISEURS

Me Maurice DELESTRE | Me Fernand COUTANCEAU
5, rue Saint-Georges. | 7, rue Sainte-Anne.

EXPERTS

M. Marius PAULME et M. B. LASQUIN Fils
10, rue Chauchat. | 12, rue Laffitte.

Chez lesquels se distribue le présent Catalogue

EXPOSITION PUBLIQUE

Le Dimanche 6 Novembre 1904, Salle n° 2, de 1 heure 1/2 à 5 heures 1/2

CONDITIONS DE LA VENTE

Elle sera faite au comptant.

Les acquéreurs paieront *dix pour cent* en sus du prix d'adjudication.

L'exposition mettant le public à même de se rendre compte de l'état et de la nature des objets, aucune réclamation ne sera admise, une fois l'adjudication prononcée.

Paris. — Imprimerie de l'Art, E. Moreau et Cie, 41, rue de la Victoire.

DÉSIGNATION

francs

TABLEAUX
ANCIENS ET MODERNES
DESSINS

APPIAN (Ad.)

192   1 — *Paysage : Le Pêcheur.*

        Toile. Haut., 90 cent.; larg., 1 m. 55 cent.

APPIAN (Ad.)

200   2 — *Marine : Barques de pêche et pêcheurs à marée basse.*

        Toile. Haut., 1 m. 01 cent.; larg., 1 m. 61 cent.

APPIAN (Ad.)

160   3 — *Marine : Vue de Port-de-Bouc.*

        Toile. Haut., 41 cent.; larg., 72 cent.

APPIAN (Ad.)

4 — *Paysage : Jeune garçon pêchant à la ligne au bord d'un étang.*

Toile. Haut., 47 cent.; larg., 80 cent.

ARTIGUE

5 — *Sur les bords du Nil.*

Panneau.

Haut., 33 cent.; larg., 24 cent.

BERGERET

6 — *Fruits.*

Panneau.

Haut., 13 cent.; larg., 21 cent.

BERMONT

7 — *Femme se regardant dans une glace.*

Pastel.

BOURDON (Sébastien)

8 — *Bacchus consolant Ariane dans l'île de Naxos.*

Toile. Haut., 53 cent.; larg., 81 cent.

CARRÉ (Michel)

9 — *Le Repas algérien*

Panneau.

Haut., 19 cent. ; larg., 23 cent.

CHATAIGNER DE VOLVREUSE

10 — *La Paresseuse.*

Toile. Haut., 53 cent.; larg., 1 m. 22 cent.

CHATAIGNON

11 — *La Baignade.*

Toile. Haut., 26 cent.; larg., 21 cent.

CHATAIGNON

12 — *Bonjour, Mimi.*

Toile. Haut., 27 cent.; larg., 21 cent.

CHATAIGNON

(DEUX PENDANTS)

13 — *Le Coucher et le Lever.*

Toile. Haut., 27 cent.; larg., 21 cent.

CHOCARNE-MOREAU

14 — *Dépêche-toi !*

Toile. Haut., 90 cent.; larg., 70 cent.

COULON

15 — *Amies (heure d'amour).*

Dessin.

COOMANNS

16 — *Le Débarbouillé.*

Toile. Haut., 68 cent.; larg., 57 cent.

DAUDIN

17 — *La Femme à la souris blanche.*

Toile. Haut., 72 cent.; larg., 57 cent. 1/2.

DESHAYS (Célestin)

18 — *Paysage d'hiver.*

Toile. Haut., 27 cent.; larg., 37 cent.

DETAILLE (Édouard)

19 — *Le Cuirassier allemand de la garde.*

(Provenant du Panorama de Rezonville.)

Toile. Haut., 93 cent.; larg., 2 m. 30 cent.

DIEPENBECK (Van)

20 — *L'Enlèvement des Sabines.*

Toile. Haut., 1 m. 20 cent.; larg., 1 m. 72 cent.

DUCROT (V.)

21 — *Le Vallon des Fonds.*

Toile. Haut., 89 cent.; larg., 1 m. 28 cent.

DU JARDIN (Carle)

22 — *Le Cheval blanc.*

Toile. Haut., 43 cent.; larg., 35 cent.

DUVIEUX
(DEUX PENDANTS)

23 — *Vues de Venise : La Place Saint-Marc ;
Palais ducal.*

Panneaux.

Haut., 20 cent.; larg., 26 cent.

ÉGLÉ (LOUISE)

24 — *Portrait de Jeune Fille en buste.*

Pastel de forme ovale.

Haut., 56 cent.; larg., 46 cent.

FALENS (CH. VAN)

25 — *Cavaliers au rendez-vous de chasse.*

Panneau.

Haut., 29 cent.; larg., 41 cent.

FALÉRO

26 — *Iris et Phébus.*

Toile. Haut., 57 cent.; larg., 1 m. 02 cent.

FALERO

27 — *La Chevelure de Bérénice.*

Bois. Haut., 1 mètre; larg., 56 cent.

FORTUNIO

28 — *Paysage algérien : L'Oasis.*

Toile. Haut., 53 cent.; larg., 37 cent.

GARNIER (Jules)

29 — *L'Orgie.*

Toile. Haut., 67 cent.; larg., 1 mètre.

GARNIER (Jules)

30 — *La Fontaine de Jouvence.*

Toile. Haut., 32 cent.; larg. 46 cent.

GARNIER (Jules)

31 — *Panurge descendant dans le Puits consulter la Vérité.*

Toile. Haut., 45 cent.; larg., 31 cent.

GEETS (A.-V.)

32 — *La Femme au Coquillage.*

Pastel.

Haut., 85 cent.; larg., 37 cent.

GOLZ (A.-S.)

33 — *La Liseuse.*

Panneau.

Haut., 30 cent.; larg., 47 cent.

GREPP (Albert)

34 — *La Vague.*

Pastel.

francs

GUÉ (J.-M.)

35 — *Intérieur d'Église : La Prière à la Vierge.*

Toile. Haut., 45 cent.; larg., 37 cent.

GUIDO RENI (D'après)

36 — *Hérodiade.*

Toile. Haut., 54 cent.; larg., 42 cent.

HUET (Attribué à)

(DEUX PENDANTS)

200

37 — *Natures mortes : Fruits, Fleurs, Légumes dans des paysages.*

Toile. Haut., 68 cent.; larg., 1 m. 34 cent.

LAPOSTOLET

165

38 — *Vue du Port de Dieppe à marée basse.*

Toile. Haut., 61 cent.; larg., 84 cent.

LARCHER

135

39 — *Interrogatoire de Robespierre.*

Panneau.

Haut., 54 cent.; larg., 64 cent.

LEDUC

40 — *Marine.*

Fusain.

MALBET (Delphine)

41 — *Nature morte : Jambon, Poissons, Fromage, Fruits, sur une table.*

> Toile. Haut., 45 cent.; larg., 55 cent.

MALBET (Delphine)

42 — *Nature morte : Pigeon, Radis, Légumes divers.*

> Toile. Haut., 38 cent.; larg., 45 cent.

MALBET (Léontine)

43 — *Fleurs et Fruits sur une table.*

> Toile. Haut., 80 cent.; larg., 64 cent.

MALLET
(deux pendants)

44 — *Le Lever et la Toilette.*

Panneau.

> Haut., 24 cent.; larg., 19 cent.

MENDEZ

45 — *Ah ! n'entrez pas !*

> Toile. Haut., 41 cent.; larg., 26 cent.

MENDEZ

46 — *La Sérénade de Méphistophélès.*

> Toile. Haut., 40 cent.; larg., 26 cent.

franes

MEULEN (A.-F. Van der)

850 47 — *Louis XIV et son état-major recevant les clefs de Marsal.*

Toile. Haut., 72 cent.; larg., 90 cent.

MONDEZ

48 — *Plantation d'aloës.*

Aquarelle.

MONDEZ

49 — *Deux Paysages : Environs de Nice.*

Aquarelles.

MOUTON

50 — *Caravane dans le désert.*

Toile. Haut., 66 cent.; larg., 81 cent.

MORIN (Louis)

51 — *Le Moulin des Lys.*

Haut., 1 m. 21 cent.; larg., 73 cent.

NEUVILLE (A. de)

350 52 — *Hulan et Cuirassier allemand de la garde.*

(Provenant du Panorama de Rezonville.)

Toile. Haut., 1 m. 13 cent.; larg., 2 m. 35 cent.

NEUVILLE (A. DE)

53 — *La Mort du Clairon.*

(*Provenant du Panorama de Rezonville.*)

Toile. Haut., 1 m. 25 cent.; larg., 1 m. 62 cent.

ROYER (LOUIS)

54 — *L'Amour désarmé.*

Dessin au fusain.

RICHARD (HORTENSE)

55 — *L'Echo.*

Peinture sur porcelaine.

Haut., 20 cent. ; larg., 26 cent.

RICHARD (HORTENSE)

56 — *L'Aurore.*

Peinture sur porcelaine.

Haut., 27 cent.; larg., 13 cent.

ROBERT (Attribué à HUBERT)

57 — *Paysage d'Italie avec ruines et personnages.*

Toile. Haut., 38 cent.; larg., 56 cent.

SEGHERS (DANIEL)
DIT LE JÉSUITE D'ANVERS

58 — *Le Christ au centre d'un médaillon de fleurs et fruits.*

Cadre en bois sculpté et doré.

Toile. Haut., 1 m. 15 cent.; larg., 88 cent.

STEINHARDT

59 — *Suzanne au bain.*

Toile. Haut., 24 cent.; larg., 18 cent.

VEN (VAN DE)

60 — *Le Ruisseau : Vue prise dans la forêt de Fontainebleau.*

Toile. Haut., 66 cent.; larg., 92 cent.

VERNET (Attribué à JOSEPH)

61 — *Paysage animé de personnages et animaux.*

Un berger et deux jeunes femmes sont au bord d'un torrent qui coule au pied d'un rocher sur lequel est construit un château en ruine.

Toile. Haut., 42 cent.; larg., 37 cent.

ÉCOLE FLAMANDE (xviie siècle)

62 — *Fête dans un parc.*

Panneau.

Haut., 50 cent.; larg., 70 cent.

ÉCOLE FRANÇAISE

63 — *Marine : La Tempête.*

Toile. Haut., 44 cent.; larg., 56 cent.

ÉCOLE MODERNE

64 — *Enfants jouant.*

Toile. Haut., 55 cent.; larg., 43 cent.

ÉCOLE MODERNE

65 — *Les Bulles de savon.*

Panneau.

Haut., 14 cent.; larg., 10 cent.

ÉCOLE MODERNE

66 — *Trois études de Danseuses espagnoles.*

Peintures sur panneaux.

ÉCOLE MODERNE

67 — *Far niente : Jeune Femme couchée.*

Panneau.

Haut., 10 cent.; larg., 13 cent.

GRAVURES, EAUX-FORTES
FAC-SIMILÉ, PHOTOGRAPHIES

68 — *L'Œuvre de Bacchus.*

Gravure anglaise en couleur, gravée par Ch. Mo-
TRAM, d'après HOLDGATE.

69 — *Effet de neige.*

Deux gravures en couleur, par JAZET.

70 — *La Prudence en défaut : Le Mari dupé
et content.*

Deux gravures, d'après LE BARBIER, gravées par
PATAS.

71 — *Le Défi : La Frayeur.*
> Deux gravures avant lettre, d'après COOMANS, par JOUANIN. Edition GOUPIL.

72 — *La Vierge d'Autun.*
> Gravure, d'après VAN EYCK, par FLAMENG.

73 — *Marine.*
> Fac-similé.

74 — *La Transgression du commandement.*
> Photographie, d'après Henri DAUGER.

MEUBLES, SIÈGES
OBJETS DIVERS

75 — Table, genre Boulle, en marqueterie de cuivre, ornée de bronzes dorés.

76 — Deux étagères d'angle chinoises, en laque rouge, formées de petites tables superposées.

77 — Deux étagères carrées chinoises, en laque rouge, formées de petites tables superposées.

78 — Table toilette, dessus de marbre.

79 — Glace, cadre en bois sculpté.

80 — Deux glaces-miroirs, cadre bois noir, avec application de cuivre. Style Louis XIII.

81 — Lustre en bronze doré, à cinq lumières, à gaz et électricité.

82 — Canapé capitonné, en étoffe bleue.

83 — Collection de vingt poupées costumées, de différentes nations.

84 — Deux lampes à alcool, dorées, à colonne et globe.

85 — Cheminée, bois marron, filets dorés.

86 — Quatre chaises de bureau, recouvertes en cuir rouge.

87 — Fauteuil.

88 — Paires de cornes cerfs et bœufs.

www.ingramcontent.com/pod-product-compliance
Lightning Source LLC
LaVergne TN
LVHW012134170726
843501LV00008BC/3187